AF220106

Briefe von Mirjam an Oma

von Mirjam Pulcher

Vorwort der Autorin

Die Kunst des Briefeschreibens ist heutzutage seltener geworden.
Das ist schade, denn schön und liebevoll geschriebene Briefe von Familienangehörigen haben schon immer den Empfänger glücklich gemacht.

Diese Briefe-Sammlung soll einerseits Menschen erfreuen, die schon länger keine persönlichen Briefe mehr gelesen haben.
Dabei denke ich vor allem an Eltern und Großeltern.
Andererseits soll sie Kinder und Enkelkinder ermutigen, wieder solche Briefe zu schreiben.
Wenn dies auch nur teilweise gelingt, war die Veröffentlichung dieser Briefe sinnvoll.

Die Sammlung endet im Juni 2021 mit dem Brief zum achtzigsten Geburtstag von Oma, denn leider ist meine Großmutter im Folgemonat verstorben.

Vorwort des Herausgebers

Nach dem Tod meiner Mutter im Juli 2021 kam ich in den Besitz von 27 Briefen meiner Tochter an ihre Oma.

Meine Mutter hatte immer großen Gefallen an diesen Briefen gefunden und Sie hat sie sogar so schön gefunden, dass Sie sie mir immer zu lesen gab.

Ich kannte deshalb ihren Inhalt und wusste, welch großer literarischer Schatz in Ihnen schlummert.

Da meine Tochter eine sehr gute Erzählerin ist, erfährt man viel Wissenswertes.

Aber auch viel Liebe!

Es ist auch ein Zeitdokument der Corona-Ära und der Jahre davor.

Ich habe diese Briefe unverändert übernehmen können. Wo es mir erforderlich schien, habe ich als Herausgeber Kommentare in eckigen Klammern gemacht. Runde Klammern gehören zum Text meiner Tochter und sind Teil ihres Manuskripts.

Alle Personen- und Ortsnamen wurden pseudonymisiert, zur besseren Lesbarkeit wurde das männliche (=generische) Geschlecht verwendet.

Wenn da also Leser steht, sollen sich bitte alle Geschlechter gleichermaßen angesprochen fühlen.

Dr. Pulcher

Februar 2018

Liebe Oma,

Ich hoffe, es geht Dir den Umständen entsprechend gut. Wobei ich bedenken muss, dass „den Umständen entsprechend" irgendwie auch nicht erheiternd klingt.

Ich wollte Dir nur sagen, dass ich an Dich denke. Als ich fünf Jahre alt war, hast Du mir eine Mini-Drehorgel geschenkt mit dem Lied einer Prinzessin. Du hast damals erzählt, dass es sich um eine sehr starke Prinzessin handelt, die von einem Drachen im Turm gefangen gehalten wird, aber immer das Schöne ihrer Lage zu erkennen versucht. Irgendwie fiel mir diese Prinzessin ein, als ich angefangen habe, Dir zu schreiben, weil sie mich sehr an Dich erinnert hat …
Bleib auch Du jetzt stark, auch wenn es noch so trostlos erscheint!
Denn ich kenne Dich als schöne und starke Oma, die alles meistert, die alle Hürden überwindet.

Ich freue mich Dich zusammen mit [meinem Freund] Peter nach der Exkursion zu besuchen. Ich bin jetzt im März für einen halben Monat in Lindau am Bodensee, wo ich eine Prüfung im Gelände für mein Studium ablegen muss. Ich habe etwas Angst davor, aber all die Klausuren der letzten Jahre waren schlimmer.

Jedenfalls kommen wir Dich besuchen und auch wenn ich jetzt nicht da sein kann, denke ich an Dich und Opa. Peter freut sich ehrlich gesagt auch schon. Er ist sehr neugierig und gespannt auf Dich.

Am Bodensee werden wir vor allem auf Siedlungsaspekte eingehen, Städte auf ihre Struktur untersuchen und der Kultur- und Menschheitsgeschichte auf den Grund gehen.

Im Fach Mathematik [Lehramt] habe ich alle Prüfungen abgeschlossen. Nur in Geographie fehlen noch drei. Danach ist der Master (vgl. mit Magister bzw. Diplom) geschafft.

Ich plane, etwas im Bereich Informatik zu lernen – als Hobby und weil es gut zur Mathematik passt.

Dadurch vergrößert sich die Chance auf dem Arbeitsmarkt.

Ich werde Dir gerne alles erzählen beim nächsten Besuch.

Bitte bleib stark, denn das bist Du auch.

Liebe Grüße, Mirjam

Juli 2018

Liebe Oma,

Bitte entschuldige, dass ich nicht – wie sonst – auf reinem weißen Papier schreibe, sondern kariertes verwende. Peter und ich sind kürzlich umgezogen und wir haben noch nicht alle Utensilien.
Wir hatten Glück mit der Wohnung: Wir sind schnell im Elternhaus und nah an der Uni. Peter fährt ja immer jeden Tag nach M., um seine Oma zu versorgen. Daher ist eine gute Busanbindung, die ihn schnell von der Oma
zur Uni und Wohnung bringt, vorteilhaft.
Vorteil ist: Wir sind nah am „Lern- und Arbeitsplatz".
Ich kann dann schnell eine Vertretung als Mathematik-Übungsleiterin machen (mein Nebenjob) und Peter ist schnell bei seinem Professor, für den er die Vorlesungen vorbereitet.

Aber ich erzähle nur von mir, wie ist es bei Dir? Ich hoffe, es geht Dir gut.
Momentan sind bis August Prüfungszeiten (und bei mir Ende September noch eine Examens-Prüfung über eine Naturkatastrophe in den USA).
Peter und ich freuen uns schon, wenn wir Dich in einer etwas weniger stressigen Zeit besuchen

kommen. Peter ist ja sehr angetan von Dir, was auch nicht verwunderlich ist.

Nebenbei mache ich einen Spanischkurs, der kostenlos an der Uni stattfindet. Er macht sehr viel Freude. Du hast ja auch noch einen Englischkurs früher besucht und konntest mit mir, als ich anfangs auf dem Gymnasium war, schön Englisch sprechen.
Ich freue mich, Dich bald wieder zu sehen.

Bleib stark und versuche, in den kleinen Dingen des Lebens das Beste zu sehen!
Ich habe Dich lieb und grüße Dich auch von Peter.

Liebe Grüße, Mirjam

September 2018

Liebe Oma,

ich hoffe, es geht Dir gut. Was macht der Zahn? Hoffentlich ist die Wunde abgeheilt. Ich hatte vor zwei Jahren auch so eine ähnliche Prozedur: Mein letzter Backenzahn rechts im Unterkiefer kam nicht richtig unter dem Zahnfleisch hervor und wurde daher kariös – trotz gründlicher Zahnpflege natürlich. Da er auch schief wuchs und den Weisheitszahn verdrängte, entschied der Zahnarzt, ihn zu ziehen. „Ziehen" ist im Sinn von Backenzähnen aber der falsche Ausdruck: Er betäubte lokal und bohrte ihn auf, sodass er in Teile zerbrach. Ich merkte trotz Betäubung, wie er brach. Schließlich saugte er die restlichen Brocken ab und es klaffte ein riesiges Loch. Mittlerweile wuchs da der Weisheitszahn hinein. Das war aber wirklich nicht so schlimm: Ich war im Anschluss an den Termin noch in der Uni und habe durch Vorlesungen eine gute Ablenkung gehabt. Abends war schon alles gut: das Blut wurde gestillt und trinken konnte ich auch etwas. Ich kann in so einer Situation daher nur empfehlen: Wattebausch auf die Wunde, versuchen wenig zu trinken (zumindest die ersten 2-4 Stunden) und fest zusammenbeißen, sodass es wie ein Druckverband wirkt.

Und an Positives denken … Du hast bald eine schöne Wohnung. Das freut mich für Dich. Ich glaube allerdings, dass das Personal Dich vermissen wird. Als ich das letzte Mal da war, schien der junge Pfleger froh, dass Du da warst. Du bist eine Bereicherung für die Menschen dort.

Gestern habe ich meine letzte mündliche Geographie-Prüfung geschafft. Ich hielt einen Vortrag über einen unterirdischen Kohlebrand. Der berühmte Kohlebrand ist in Centralia, im US-Staat Pennsylvania. Dies war auch mein Referatsthema. Ich sollte erst referieren und anschließend stellten die Professoren Fragen dazu. Mein Dozent fragte nach dem Gebiet, in dem sich die Auswirkungen abspielen und ich sollte aufgrund der Schwermetalle in der Luft den Radius abschätzen. Schwermetallteilchen in der Luft sinken schneller wieder zu Boden, daher gab ich einen Radius von ca. 3 km dafür an. Solche Schwermetalle sind z.B. Blei oder Quecksilber.

Peter hat momentan viel Stress in einem Projekt an der Uni. Er baut mit seiner Gruppe zwei Roboter. Ich bin gespannt, wie die am Ende aussehen und was sie können. Ich werde dich auf dem Laufenden halten. Ich schreibe momentan an der Masterarbeit in Mathe und hoffe, dass sie gut wird.

Ich drücke Dich und freue mich, wenn ich Dich sehe.

Sei stark, egal was kommt!

Liebe Grüße, Mirjam

November 2018

Liebe Oma,

als ich am Wochenende in M. war, habe ich mich über eine Sache, die ich nicht erwartet hätte, sehr gefreut: Direkt als ich ankam, sagte mir Mama, dass ich ihr in mein Zimmer folgen solle. Ich war sehr verwundert, da ich natürlich nichts ahnte. Ich dachte schon, etwas sei kaputt gegangen oder ähnliches …
Als ich dann auf meinen Schreibtisch blickte, sah ich sie:
Auf einem schwarzen Samt-Deckchen lag die wunderschöne Kette, mit der ich früher gespielt hatte. Briefe reichen nicht aus, um meine Freude zu beschreiben. Ich kann Dir nur danken aus ganzem Herzen. Früher bin ich damit immer majestätisch in der Wohnung stolziert – und jetzt mache ich genau das auch an der Uni. Wenn man etwas so dermaßen Schönes tragen darf, kann der Tag nicht mehr schlecht werden. Das Funkeln des blauen Steins ist einzigartig und obwohl ich das Diadem über Jahre hinweg nicht

gesehen habe, hätte ich es unter tausenden wiedererkannt. Es passt mir, ohne dass eine Änderung vonnöten ist – direkt am Hals, aber nicht zu eng, so wie ich Colliers am liebsten trage.

Ich glaube, meine Affinität zu Schmuckstücken hast Du zum Teil an mich vererbt. Du trägst genauso gerne Ringe, Ketten etc. und hast einen hervorragenden ästhetischen Sinn.Ich hoffe, Dir geht es gut und Du hast keine Zahnschmerzen etc. mehr.

Du hast richtig gute Fortschritte [im Gehen] gemacht. Ich war so erfreut letztes Mal, als Du selbst gelaufen bist. Du sahst wieder richtig gut und stark aus – so wie Du auch bist. Ermuntere Dich selbst, immer weiter zu gehen, wenn Du einmal einen trüben Tag hast – denn Du bist stark!

Bleib Dir treu und setze Dich für Deine Ziele ein, denn Du bist ein großartiger Mensch.

An der Uni ist jetzt auch wieder viel los: Die Masterarbeit (endgültige Abschlussarbeit) ist am Laufen und daher „verschmelze" ich oft lange mit dem Computer, um sie zu schreiben.

Peter ist gerade an seinem Projektpraktikum, dem letzten großen Projekt der Wirtschaftsinformatik-Studenten. Es ist anstrengend, aber er ist fleißig – wie Du und Opa.

Anbei lege ich eine schöne Karte, die die liebenswürdigen Dinge [Katzen] in einer manchmal grauen Welt zeigt. Ich habe letztens nochmal versucht, die Katzen von euch aufzuzählen: Lucy war die letzte,

Anni davor und Schanu kam – glaube ich – noch davor, oder?

[„Richtig, mein Schätzelchen"]

Da auch Tiere eine Seele haben, bin ich zuversichtlich, sie wiederzusehen.

Wir sehen uns bald wieder.

Liebe Grüße, Mirjam

Dezember 2018

Liebe Oma,

Ich wünsche Dir ein schönes Weihnachtsfest und erholsame Feiertage.

Hoffentlich geht es Dir gut, sodass Du viel Freude an der besinnlichen Zeit im neuen Eigenheim hast. Ich bin schon sehr gespannt, Dich in Deiner neuen Wohnung besuchen zu kommen. Bestimmt ist es sehr stilvoll eingerichtet – so wie Du es immer machst.

Du bist sehr stark und ich bin so stolz auf Dich, dass Du Dich der Umstellung so gut entgegengestellt hast. Das zeigt wahre Größe. Das Personal ist wirklich glücklich, eine so belesene und interessierte Person wie Dich zu haben. Du unterhältst Dich und berätst die Menschen vor Ort.

Als ich letztens zu der Übungsstunde in Mathematik an der Uni ging, um diese selbst zu halten, sagte ein Kommilitone zu mir: "Ein altes chinesisches Sprichwort sagt, dass es die höchste Kunst und der gehaltvollste Lebensinhalt sei, sein Wissen weiterzugeben, zu lehren und zu beraten." Danach habe ich mich sehr gefreut, die Übungsstunde zu halten. Dasselbe trifft auch auf Dich zu: Du belehrst und berätst Menschen, die froh sind, dass sie von Dir lernen können.

Mittlerweile gebe ich auch Analysis-Übungshilfe, allerdings privat. Analysis ist ein Bereich der Mathematik, der sich mit Funktionen, sprich Zuordnungen, befasst. So kann beispielsweise das Preiswachstum beim Kauf von einem Produkt in bestimmter Stückanzahl als Zuordnung ausgedrückt werden. Ein einfaches Beispiel ist: Eine Kugel Eis kostet 1€. Dann lässt sich der Preis als p=1€ mal x bestimmen, wobei x die Anzahl der Kugeln ist. So ist für fünf Kugeln Eis der Preis p=1€ mal 5 = 5€. Und da untersucht man auch z.B. wie diese Zuordnung wächst, etc.

Die Abschlussarbeit in Mathematik ist bis auf wenige Berechnungen fertig. Diese berechnet ein Computer. Auch Peter ist in seinem Projektpraktikum fast fertig. Es war sehr anstrengend, aber er hat gekämpft. Er freut sich auch, Dich bald zu besuchen und Dir davon zu berichten.

Ich lege dem Brief einen Schlüsselanhänger für den Schlüssel Deiner Wohnung bei. Es ist ein Kätzchen aus pflanzlich gegerbtem Leder. Der Anhänger unterstützt Menschen in Entwicklungsländern. Somit hast Du quasi Menschen zur Selbstständigkeit verholfen. Er wurde speziell in Südamerika angefertigt. Wenn Du den Druckknopf hinten öffnest, so ist dort ein kleines Geheimfach.

Ich hoffe, Dich bald zu sehen und richte auch von Peter eine liebe Umarmung aus.

Bleib Dir treu und sei stark!

Liebe Grüße,
Mirjam

Februar 2019

Liebe Oma,

Bei unserem letzten Besuch habe ich gesehen, was für eine schöne Wohnung Du hast. Sie ist so geschmackvoll dekoriert, wie ich es von Dir kenne. Dass Du die Bilder aufgehoben hast, gefiel mir besonders, denn Erlebnisse zieren jede Wand, besonders das schöne Bild von Dir im Garten.

Die Wohnung hat viel Glanz und Licht, was Dich

immer daran erinnern soll, wie stark und selbstständig Du die Dinge bewältigst. Bleib immer stark, mit dem Kopf weit oben! Und das auch an Tagen, die mit dunklen Wolken verhangen sind – sei Du Dein eigenes Licht und das vieler anderer Menschen.

Es tut mir so unendlich leid mit der lieben Tante M. Ich konnte es nicht glauben, als Papa meiner Mama und mir die Tragödie mitgeteilt hat. Ich hatte Tante M. sehr lieb, werde sie nie vergessen. Ich habe ihr – wie auch dir – früher in der Grundschule Briefe geschrieben und das auch als ihre Augen nachließen – wir blieben in Kontakt. Für mich ist es ein trauriger Verlust, für meine Eltern ebenso, aber ich nehme an, dass es fast nichtig erscheint neben dem Leid, was Du verspürst.

Nichts auf der Welt kann so etwas beheben oder ersetzen.

Aber sei getröstet, denn man begegnet sich wieder.

Dass es so etwas wie ein Jenseits gibt, wurde bereits von der Spiritual Church in England, einer modernen Forschungsrichtung, gezeigt. So tröste ich mich über Verluste. Tante M. hat die Durchreise , die wir Lebewesen auf der Erde haben, bereits beendet und wartet geduldig auf uns, leitet uns an dunklen Tagen und steht uns bei.

Denke immer an das Licht und die Kraft in Dir, denke, dass Du Tante M. jeden Tag erfreust, da sie Dir von oben zuschaut. Behalte ihre Durchreise auf der Welt in guter Erinnerung und lebe voller Kraft für sie mit.

Ich kann Dir keinen Trost, der ausreichen würde, spenden, aber ich weiß, dass es weitergeht nach dem Leben.

Als ich letztens in der Bibliothek war, stolperte ich über ein Namensbuch. Ich las über S., die unter der Kategorie „Zauber" stand. Dein Name besagt, dass der Namensträger heilsam ist, einen verborgenen Sinn für Über-weltliches hat. Dein besonderes Gespür leitet Dich durch die Traurigkeit.

Ich lege dem Brief auch den Ausschnitt von „Zauber", sowie einen weiteren Artikel zum Nachnamen von uns bei.

Ich denke in jeder dunklen Stunde an Dich, bleib stark.

Liebe Grüße, Mirjam

März 2019

Liebe Oma,

in kürzlich vergangener Zeit geschah viel Unglück, das weder einfach zu überwinden noch zu vergessen ist. Opa werde ich immer als gebildeten, die antiken

Sprachen liebenden Menschen in Erinnerung halten.

Ich weiß noch, wie er damals als ich zwei oder drei Jahre alt war, auf meiner Spielzeug-Raupe mit Rollen [aus Holz] ausgerutscht ist. Da er sich nicht ernsthaft verletzt hat, kann man darüber schmunzeln.

Die Sommerferien 2002 war ich bei Euch und werde diese schöne Zeit nie vergessen: Wir waren im Schwimmbad und im Zoo und Opa hat mir einen „Wunderpilz" geschenkt. Das war eine Wundertüte voller Spielzeug und Bücher, über die ich mich so gefreut habe. Ich habe so etwas vorher noch nie bekommen und war so glücklich. Aber die Krönung war der Zoo, auf dessen Rückweg wir uns Namen für den Hasen überlegten und bei Winni einstimmig hängenblieben. Auch habe ich mit Opa gerne Latein gemacht. Ich habe es sowohl in der Schule neben Englisch und meiner Lieblingsfremdsprache Französisch belegt und dann auch schließlich an der Universität freiwillig weiter gemacht, um mein Großes Latinum zu bekommen. Papa und Opa haben mir beide die Vorzüge von alten Sprachen gezeigt und ich bin so oft froh, den Abschluss gemacht zu haben.

Zwar war es oft nicht einfach, mit dem hohen Arbeitspensum Uni und Latinum und zwei Nebentätigkeiten umzugehen, aber ich würde es jederzeit wieder so machen.

Letztens sahen Peter und ich eine Firmenanzeige von „Purgator". Peter meinte, dass es sich um ein IT- oder Beratungsunternehmen handele, da ja der Name so seriös und hochwertig klang. Da ich ja wusste, dass purgare das lateinische Wort für reinigen/säubern ist, sagte ich, dass es sich möglicherweise um eine Reinigungsfirma handele. Peter sprach dagegen und wir wetteten. Daheim angekommen, schauten wir sofort nach und stellten fest, dass es eine Reinigungsfirma war. Dank Latein habe ich somit ein Eis gewonnen.

Ich werde – jedes Mal, wenn ich was Lateinisches sehe ganz besonders – immer an Opa denken.

Aber auch an Dich, deren Schmerz wahre Stärke von Dir verlangt. Es tut mir so weh, wie viel von Dir verlangt wird. Mit besonderen Menschen begegnet das Schicksal oft mit großen Herausforderungen, aber Du wirst dafür auch am Ende belohnt – das glaube ich fest.

Ich habe Dich lieb und denke jeden Tag oft an meine starke Oma, die so viel schafft und jedem Tag mutig entgegentritt.

Liebe Grüße, Mirjam

April 2019

Liebe Oma,

Ich hoffe, das schöne Wetter erfreut Dich und es geht

Dir gut. Ich frage mich öfters, was Deine Krankengymnastik macht. Die Physiotherapeuten sind bestimmt von Deinem Engagement, schnell besser gehen zu können, begeistert.

Als Peter und ich Dich besuchen kamen, erzählten wir Dir von unserer Arbeit bei Prof. J. Bei diesem sollte ich ab April arbeiten – als studentischer Mitarbeiter. Ich wollte Dir ja von meiner ersten Zeit der Einstellung berichten. Peter zeigte mit zuvor die Computer-Programme, die er als bekannt voraussetzt. Somit lernte ich schon früh, Prof. J. Anforderungen kennen. Ich bin bei ihm im Softwaretechnik- und IT-Sicherheitsinstitut. Dort bearbeite ich in seinem Auftrag Vorlesung-Folien, die er in der Veranstaltung den Studentengruppen präsentiert. Zusätzlich teste ich für ihn auf Internet-Webseiten neue Techniken der SQL-Injektion aus und dokumentiere das. Du kannst Dir darunter eine Technik vorstellen, bei der man einen gezielten Angriff auf ein Programm, etc. durchführt, um zu testen, wie sicher es ist. Das fiel mir anfangs noch etwas schwer, zumal ich so etwas noch nie gemacht habe … aber man gewöhnt sich an alles.

Außerdem recherchiere ich für Prof. J. hinsichtlich gegenwärtiger Cyber-Angriffe. Mein erster Auftrag befasste sich mit den M.- Hotels. Dort wurden letztes Jahr etwa eine halbe Milliarde Gästedaten wie Name, Herkunftsland, Dauer des Aufenthalts etc. geklaut. Auch passwortgeschützte Daten wurden darunter gefunden! Solchen Skandalen gehe ich für den Job auf den Grund und suche den Angreifer und dessen Methoden für den „Hack" (=Angriff) oder „Hacking" raus.

Prof. J. ist ein guter Arbeitgeber. Er lässt die nötige Zeit und man hat kaum Druck – auch wenn das Arbeitspensum hoch ist.

Somit werde ich neben meiner Stelle als Übungsleiterin in der Mathematik und neben den Informatik-Veranstaltungen, die ich ja nach meinem Masterabschluss besuche, sehr gefordert, aber es ist interessant und lehrreich … und macht auch Spaß.

Ach ja, ich habe meine letzte Note bekommen. Ich erzählte Dir ja, dass in Geographie noch eine aussteht und dies die letzte Note für den Master ist. Nun kam sie – eine 1,0, was einen gesamten Notendurchschnitt von 1,1 im Master erzeugt. Auch Peter erhielt eine 2 in seinem Portfolio, womit er (=sehr ehrgeizig) etwas unglücklich ist. In seiner Abschlussarbeit will er besser sein. Alles in allem geht es ganz gut und ich kann einen Daumen hoch machen.

Ich hoffe, bei Dir ist auch alles gut und Du genießt das Wetter mit deinen Mitbewohnern dort etwas. Geh ruhig mit ihnen ins Café und lass sie Deine Gesellschaft genießen – bestimmt freuen sie sich darüber.

Liebe Grüße, Mirjam

Mai 2019

Liebe Oma,

Ich freue mich so sehr, dass Du an meinen Geburtstag gedacht hast. Du bist mein astrologischer Zwilling und daher haben wir beide das Glück, in einem warmen Monat feiern zu können … auch wenn der Mai diesmal sehr dürftig war.
Wie geht es Dir? Ich hoffe, das (ab sofort) angenehme Wetter erfreut Dich und Du kannst mit Deinen Bekannten in einem Café entspannen oder den Literaturkreis im Freien erleben.
Wie Du Dir denken kannst, sind Peter und ich wieder voll in unserer Arbeit. Peter hat eine ganz nette Betreuerin für seine Abschlussarbeit gefunden.
Auch das Thema – Datensicherheit und Privatheit – interessiert ihn.
Da bin ich sehr erleichtert, denn es gibt nichts Langweiligeres als zu einem Thema sechs Monate (!) zu forschen und zu schreiben, das einem missfällt. Ich habe meinen Master erhalten und gestern (22.5.) mein Erstes Staatsexamen erhalten. Heute (23.5.) kam dann noch der Bescheid, dass auch mein Masterzeugnis und die Urkunde fertig seien.
Diese darf ich nächste Woche abholen.
Die Arbeit bei Prof. J. ist manchmal etwas stressig,

aber ich liebe sie. Er ist ein angenehmer Chef und ich lerne viel Neues. Gleichzeitig kann ich weiter Informatik an der Uni studieren. Gerade habe ich das Fach BAS.

Betriebliche Anwendungssysteme [=BAS] helfen einem Unternehmen bei der Steuerung der Geschäfte.

Da ich noch wenig Ahnung habe im Bereich Marketing und Wirtschaft, habe ich BAS als Wahlfach genommen, um im späteren Beruf auch für solche Fragen geeignet zu sein … und Peter hatte das Fach und lobte es sehr.

Momentan ist Sommer-Uni. Das sind keine Ferien o.ä., sondern ein einwöchiges Fest. Was gefeiert wird, weiß ich leider nicht. Wäre ich gehässig, würde ich sagen: „Die Studenten vergnügen sich bei Bier am Mittag und sehr lauter und schlechter Musik." Das Bierzelt meiden Peter und ich – wir trinken nie Alkohol. Wie kann man mittags schon Alkohol trinken und anschließend in der Vorlesung erscheinen ???

Und diese Musik hören wir während der Vorlesungen. Prof. S. musste in Technischer Informatik gestern sehr gegen die Musik ankämpfen, die draußen ertönte … Also, so viel halte ich von manchen Aktivitäten der Sommer-Uni nicht.

Egal, ich bin dankbar für das, was ich habe:

- Gute Familie : Euch alle !
- Guten, lieben Freund: Peter
- Masterabschluss und Arbeit bei J.

Ich drücke Dich, meine liebe Oma und denke oft an Dich. Mirjam

Juli 2019

Liebe Oma,

An der Uni ist es mehr als heiß, es ist wie im Backofen. Wenn man bedenkt, dass die Uni aus fast mehr Fenstern als Stützwänden besteht, kommt das mit dem Backofen schon ziemlich gut hin.
Vor zwei Wochen habe ich die erste Teilklausur in Theoretischer Informatik geschrieben, drei weitere Klausuren stehen diesen Monat an. Davon eine, die ich selbst schuld bin: Spanisch habe ich, aus Interesse und weil ich diese Sprache als sehr wichtig ansehe, selbst und total freiwillig gewählt – also meine Schuld … Dafür drücke ich für Dich die aktuelle Wetterlage in spanisch aus:
Hay mucho calor y no llueve en este momento. No ha llovido esta semana.
(=Es ist sehr heiß und es regnet momentan nicht. Diese Woche hat es nicht geregnet.)

Ich hoffe, bei dieser Hitze geht es Dir einigermaßen gut. Bitte trink genug und bleib im Schatten.

Hoffentlich ruhst Du dich mit den netten Damen dort zusammen aus und bist im Kühlen.

Spielt ihr außer Bingo noch andere Spiele?

Sonst bring den Damen dort doch „Rummy" oder „Elfer raus" bei. Bei Deinen Qualitäten als Lehrmeisterin haben sie das bestimmt in Windeseile begriffen. Wie ist es sonst so dort im Moment? Fahrt ihr gemeinsam schon mal ins Café? Geht doch zusammen Eis essen bei diesem Wetter. Dann wäre ich froh, weil ich wüsste, dass es Dir gut geht und Du Spaß hast.

Ich frage mich oft, wenn ich beispielsweise im Computerraum der Uni sitze, was Du in diesem Moment machst?

Wusstest Du, dass es viele verschiedene Wüstenarten gibt – abgesehen von der Eiswüste, die in die andere Richtung geht. Am trockensten ist die Wüste, dann Halbwüste, Dorn-/Gras-/Strauchsavanne, die mehr grün als die Trockensavanne wiederum ist.

Die Trockensavanne hat fast das halbe Jahr nur Trockenheit. Dennoch gibt es dort phantastische Pflanzen, die der Dürre trotzen. Anbei ein Artikel über die Albizia, ein Mimosengewächs, aus deren Familie ich auch schon eine Pflanze beherbergt habe. Auch aus Trockenheit kann was entstehen – dennoch hoffe ich bald auf eine Abkühlung … und auf Klausurende und Urlaub von der Arbeit.

Ich freue mich, Dich dann zu sehen und drücke Dich.

Liebe Grüße, Mirjam

September 2019

Liebe Oma,

Ich hoffe, es geht Dir gut bei diesem (noch) schönen Herbstwetter.

Gestern habe ich den letzten Tag meines Schulpraktikums absolviert. Das Praktikum war freiwillig und um bessere Schul- und Lehrpraxis zu erhalten auf meinen eigenen Wunsch. Normalerweise werden im Rahmen des Studiums bereits einige Praktika absolviert, aber da diese schon etwas zurückliegen (ich habe sie zu Beginn des Studiums gemacht), wollte ich nochmal Wissen über Lehrpraktiken auffrischen. Also ging ich an eine Berufsbildende Schule in K., die C.-Schule, die den Schwerpunkt auf IT und allgemein Technik und Naturwissenschaften hat – sprich dort werden künftige Mechatroniker, Augenoptiker, System-ITler, etc. ausgebildet. Unter IT versteht man sämtliche Informationstechnik, alles von PCs – sehr interessantes Berufsfeld.

Daher ist gerade diese BBS (=Berufsbildende Schule) auch so dynamisch und schnelllebig. Dort haben die Schüler keine Hefte mehr, sondern arbeiten mit Tablets, also diesen flachen Computern, wo man mit einem Fingerdruck auf die Symbole die einzelnen

Funktionen aufruft. Darüber hinaus kann man auf diesen Geräten auch bequem schreiben – auch wenn ich dennoch Papier bevorzuge.

Außerdem ist die Schule sehr vielfältig, d.h. dort sind viele Bildungsgänge vertreten. Nicht nur Schüler, die sich in einer Ausbildung befinden, sondern auch solche, die das Abitur mit einem informatischen Schwerpunkt anstreben, sind dort – auf dem beruflichen Gymnasium (IT); das „IT" steht für den Schwerpunkt.

Auch sind dort Schüler, die noch keine Ausbildung haben und eine berufliche Grundqualifikation anstreben – sowie solche, welche die Mittlere Reife anstreben.

Wie Du hörst, ist unser deutsches Schulsystem sehr dynamisch und komplex – und das war nur ein Ausschnitt aus einer BBS. Daneben gibt es ja noch das allgemeinbildende („normale") Gymnasium und die Realschule plus (also ehemalige Realschule und Hauptschule in einem – daher „plus"), sowie die Förderschule, die Gesamtschule und die Grundschule. Und da Schule Ländersache ist, gelten für die Bundesländer verschiedene Aspekte. Das, wovon ich erzählt habe, gilt für Rheinland-Pfalz.

Ich bin gespannt, wohin diese Dynamik führt …

Sonst habe ich neben den beiden Jobs, von denen Du weißt, noch ein Nachhilfe-Mädchen für das Mathe-Abitur angenommen. Genau wie Dir macht es mir große Freude zu lehren. Deine Freunde und Bekannte in W. freuen sich bestimmt, dass Du aus Bad Bergzabern zurück bist, und Dich wieder gepflegt mit ihnen unterhältst.

Bis bald, ich drücke Dich.

Mirjam

November 2019

Liebe Oma,

ich habe gehört, dass Du gefallen bist. Zum Glück ist ja nichts gebrochen. Kümmern sich die Pfleger gut um Deine Verletzung? Bitte frag sie um eine Bandage oder etwas zum Stabilisieren.
Ich hoffe, dass es Dir – von diesem Malheur abgesehen – gut geht. Bestimmt hast Du eine wunderschöne Aussicht von der Haustür aus auf die vielfältigen Farben des kleinen Parks.
Hier in K. ist alles schon braun-orange und die Blätter fallen. In M. und M. scheint der Herbst schon fast in den Winter überzugehen. Neben dem nass-kalten Wetter sind kaum Blätter an den Bäumen. Angeblich soll der Winter ja mild werden.

Ich zeige Dir mal, wie man anhand eines Satellitenbildes das Wetter der nächsten Tage ablesen kann. Wolken und Nebel sagen so viel aus, wenn man ihre Höhe, Form und Farbe richtig zu interpretieren weiß.

Solche flachen Quell-/Haufen-Wolken, Cumulus genannt, zeigen eine Schönwetterphase an. Auf einem Satellitenbild wäre das nahe eines Hochgebiets. [Der Volksmund spricht von „Schäfchen-Wolken"].

Das ist zumindest so, wenn Cumulus humilis vorliegt. Zieht sich das Wolkengebilde zusammen, wird es zu großen, nicht flachen Wolken, den Cumulus congestus, so kann schlechtes Wetter binnen 24 Stunden ankommen.

Momentan haben wir aber oft Stratus-Wolken, die ein Stockwerk über den Cumuluswolken sind. In der kalten Jahreszeit bedeuten diese trüb-nebliges Wetter ...

Besser als die riesigen dunklen Nimbocumulus, die Gewitter ankündigen ...

Ich wünsche Dir viele Cumulus humilis, die Dir schönes Wetter bescheren.

Bitte lass die Schwestern Deine Hand gut versorgen.

Das Personal mag Dich so, dann können sie Dir auch die besten Mittel geben, wenn Du sie fragst.

Lass Dich gut versorgen! Ich drücke Dich und denk an Dich.

Lieben Gruß, Mirjam

Januar 2020

Liebe Oma,

ich hoffe sehr, dass es Dir wieder besser geht.
Papa war ja mittlerweile schon öfters bei
Untersuchungen und die Ärzte meinen ja, dass Du
bereits stehen und gehen kannst. Das ist super! Pass
nur sehr auf und trainiere langsam aber stetig weiter.
Weißt Du, was eine sehr bemerkenswerte Eigenschaft
bei Dir ist? Du bist ein „Steh-auf-Männchen".
Egal, wie oft Du fällst, Du stehst auf!
Leider ist das nicht der erste Bruch und Du musstest
bereits einige Versuche, wieder laufen zu lernen,
machen. Das war sehr hart. Jetzt aber nach diesem
letzten Unglück wieder weiter zu machen und
nochmals langsam mit dem Gehen zu beginnen, zeigt
einen starken Willen, eine unbezwingbare Inbrunst
und ein nie erlöschendes inneres Feuer. Egal, was ist
und was noch kommen wird, behalte diese Stärke, die
einige Menschen an Deiner Stelle nicht mehr hätten!
Pack die Dinge an und steh für Deine Interessen ein!
Wenn Dir etwas fehlt oder Du etwas möchtest, sei so
aktiv (wie ich Dich ja auch kenne) und verlange es
von der Verwaltung/Betreuung/den Ärzten.
Man darf niemals aufhören, neugierig zu sein, oder
die Möglichkeit versäumen, neue und interessante

Dinge auszuprobieren.

Und das zeichnet Dich aus – auch nach jedem Unglück stehst Du auf und gehst weiter. Darin wirst Du bestimmt vielen Freunden in W. ein Leuchtturm sein!

Ich hoffe, Du bist wieder aktiver am Lesen und vergnügst Dich mit Deinen Freundinnen in einem Café. Hat Dir das Buch gefallen? Es dreht sich um das Leben eines Jungen, dessen Leben durch den Zweiten Weltkrieg umgeworfen wird. Dadurch, dass so viele geschichtliche Themen erwähnt werden, dachte ich dabei sofort an Dich.

Der Ring ist zu meinem alltäglichen Begleiter geworden. Ich trage ihn genau dort, wo Du ihn zuletzt auch gesehen hast.

Ich nehme ihn nie ab – außer beim Putzen, beim Kampfsport und dem Duschen natürlich.

Ich fahre sehr oft, wenn ich nachdenke, mit der Oberlippe den ovalen Stein entlang. Das hilft irgendwie beim Denken.

Momentan korrigiere ich die Mathematik-Hausaufgaben meiner Studenten. Bei manchen Fehlern werde ich richtig traurig … Wie hat man das Abitur geschafft, wenn $1/2 + 1/3 = 1/5$ berechnet wird?

Fragen über Fragen, Rätsel über Rätsel … Wenn man anfängt, alles zu hinterfragen, wird man in dieser Welt ein Stück weit verrückt …

Ich drücke Dich und sei stark!

Liebe Grüße, Mirjam

März 2020

Liebe Oma,

Ich hoffe, es geht Dir trotz der ganzen Turbulenzen rund um das Corona-Virus gut. Bitte pass auf Dich auf und hüte dich vor Menschen mit Husten oder Schnupfen!
Aktuell herrscht der Ausnahmezustand. Die Uni ist größtenteils zu und Peter und ich haben Ausnahmegenehmigungen, um zur Arbeit zu kommen. Meine Arbeit mache ich größtenteils von zu Hause aus – sogenanntes „Home Office". Deswegen habe ich gerade acht dicke grüne Aktenordner vor mir auf dem Schreibtisch, die ich allesamt durchsehen muss, um in einer Liste auf dem Computer Daten zu vervollständigen.
Bis auf die Geschäfte des alltäglichen Bedarfs wie Discounter und weitere Lebensmittel- und Drogerie-Märkte sowie Apotheken sind alle Läden geschlossen. Ebenso Fitness-Studios, Sportvereine und Frisöre – dabei hätte ich dringend einen Haarschnitt nötig.

Wie Du bestimmt schon bemerkt hast, sind Krankenhäuser, Reha-Einrichtungen sowie weitere Pflegeeinrichtungen und die des betreuten Wohnens zum Schutze der Bewohner für Besucher geschlossen. Ich hoffe daher sehr, dass wenigstens mein Brief Dich erreicht.

Sehr problematisch ist die Schließung der Schulen und Kindertagesstätte … Die Kinder langweilen sich sehr. Meine liebe Nachhilfeschülerin Sonja, die in die 11. Klasse des Gymnasiums geht, würde so gerne in die Schule. Sie sagte, dass meine Nachhilfe-Besuche die einzige Abwechslung momentan sei. Sie tut mir sehr leid.

Auch schlimm ist dadurch die Betreuungssituation für die Kinder von Pflegepersonal und Ärzten. Für solche gibt es noch die Notbetreuung.

Aktuell versuche ich, den Schülern Hilfe bei ihren Lernpaketen zu geben. Allerdings habe ich auch weniger Nachhilfe als sonst.

Wie ärgerlich muss es für die Café- und Eisdielen-Besitzer sein. Die neue Saison startet mit so gutem Wetter … und Betriebsverbot. Man meint fast, es ist übertrieben. Ich erinnere nur an die Spanische Grippe von 1918-1920, der mehr als 25 Millionen Menschen zum Opfer fielen.

Daher Kopf hoch und dennoch das Wetter genießen. Die Sonne ist gerade im Frühling so wichtig für die Haut und Knochen.

Anbei füge ich einen interessanten Artikel zur Spanischen Grippe – damit Du siehst, dass wir jetzt eine viel einfachere Handhabe dank Hygiene etc. haben.

Ich bitte Dich, pass auf Dich auf und schone Dich! Halte Abstand zu anderen – auch wenn es schwer fällt.

Ich drücke Dich aus der Ferne, solange der Wohnbereich noch nicht für Besucher frei gegeben ist.

Liebe Grüße, Mirjam

April 2020

Liebe Oma,

ich hoffe, es geht Euch allen gut und Du hast trotz der etwas erdrückenden Situation viele kleine Alltagsfreuden.

Ich habe gestern kurz Terra X [Eine Wissens-Sendung des ZDF, ausgestrahlt sonntags um 19:30-20:15 Uhr] gesehen und musste an Dich denken. Vielleicht hast Du es ja auch geschaut – das wäre ja ein schöner Zufall. Es ging um das komfortablere Reisen im 19. Jahrhundert. Die Familie Nagelmackers beschäftigte sich damit, dass Reisen stets mit Anstrengungen und

Unbequemlichkeiten verbunden sei. Daher wäre es doch schön, während der langen Zugfahrt zu schlafen, zu essen oder einfach nur angenehm und gepolstert sitzen zu können. So entstanden Personenwagons mit Samtsesseln. Unter anderem war der Orient-Express ein Vorreiter der modernen Reisezüge. Er ging von Paris bis über die schönen mediterranen Regionen des Mittelmeers bis nach Konstantinopel (heute Istanbul).

Solche Dokumentationen sind super, versüßen einem den momentan tristen Alltag und reichern das Wissen an.

Ich wünschte manchmal, dass ich in Dein Geschichtswissen blicken könnte. Mir selbst fehlen so viele Informationen, die ich in der Schule nie gelernt habe. Nach der Weimarer Republik, die ja von Hitler „abgelöst" wurde, war im Geschichtsunterricht stets das Schuljahr bzw. die Schulzeit am Ende zu kurz dafür ... Du wüsstest bestimmt noch so viel mehr über die Zeit nach dem Zweiten Weltkrieg. Ich habe mir viel selbst angelesen, aber zu viel auch bestimmt nicht ...

Ich wüsste gerne, wann der normale Alltag wieder eintritt und ich zur Uni und die Schüler wieder in die Schule können.

Bei Euch ist auch alles abgeriegelt. Das ist schade, aber zu Deinem/Eurem Schutz ... schlechter Trost vielleicht, aber halte durch. Auch hier beweist Du erneut, wie stark Du bist!

Ich freue mich, wenn ich bald meine Arbeit und die Uni wieder aufnehmen kann. Zwangsläufig habe ich wenig Nachhilfe bzw. wenn dann auch nur online über den Computer.

Wir hoffen auf baldige Besserung. Genieße die Sonne und bereichere Dein großes Wissen mit Terra X.

Ich drücke Dich und denk an Dich. Bleib stark!

Liebe Grüße,
Mirjam

Mai 2020

Liebe Oma,

Ich hoffe, es geht Dir trotz dieser Umstände durch Covid-19 gut. Wer hätte gedacht, dass diese drastischen Maßnahmen getroffen werden müssen. Hätte ich das gewusst, hätten wir vorher aber noch eine Runde „Uno" gespielt – und den Peter und den Papa aber überrollt.

Was ist es für dich, das Dich in diesen Tagen erfreut? Halte Dich daran besonders gut fest.

Bei mir sind es die alltäglichen Routinen, die ich versuche, beizubehalten: Die Arbeit zuhause (im „Home Office"), die Zeit, die ich in Gedanken bei dir bin und wenn ich mit meiner restlichen Familie zusammen bin. Bald können wir auch wieder alle gemeinsam sein und zusammen sitzen.

Die Zahlen der Neuinfektionen sinken glücklicherweise und die Beschränkungen werden langsam gelockert – dafür laufen wir mit Mundschutzmasken herum.

Wie ist das eigentlich bei Euch? Du musst mir unbedingt mal erzählen, wie das bei Euch ist: Müsst auch Ihr Mundschutz tragen oder nur das Personal?

[Oma hat betreutes Wohnen]

Aber da ja keine Besucher kommen dürfen, ist bei Euch hoffentlich die Ansteckung gering.

Momentan arbeite ich an einem Projekt zur Untersuchung der kulturellen Bildung auf dem Land.

Wie Du ja weißt, sind Angebote wie Malen, Musikinstrumente erlernen, Tanzen und Theater hauptsächlich in der Stadt. Und nun untersuchen wir, wie das auf dem Land, also den sehr „peripheren Regionen" Deutschlands, abläuft. Ich halte Dich auf dem Laufenden.

Als Lehrer wird man ja neben seinen Fächern, bei mir Mathematik, Geographie und Informatik, auch in Bildungswissenschaften, Pädagogik und Psychologie ausgebildet. Dank dieses breiten Spektrums kann ich an obigem Projekt teilnehmen. Das ist super. Unterrichten in Form vom Mathe-Nachhilfe mache ich außerdem auch noch – das liebe ich ja.

In der Hoffnung, dass es Dir gut geht, grüße ich Dich von Peter und umarme Dich ganz fest. Bleib stark!

Liebe Grüße,
Mirjam

Juli 2020

Liebe Oma,

Ich hoffe, Dein Geburtstag mit Rainer und den anderen war noch schön. Hast Du dir hoffentlich einen großen Eisbecher mit Früchten oder noch einen schönen Obstkuchen gegönnt?
Du kannst es Dir ja leisten, denn Du bist und bleibst ja schlank und rank.

Das Wetter soll ja super werden. Bis jetzt war es noch kein richtiger Sommer, da sowohl die Temperatur niedrig war als auch der Niederschlag hoch – allerdings tut der Regen mal ganz gut. Die Landwirte fürchten ja die Dürre sehr. Auch meine Tomatenpflanze, die ich in Metternich draußen stehen habe, leidet unter der „kühlen Schwüle". Trotz Gießen (falls es nicht schon geregnet hat) hängen alle Blätter. Wenigstens stehen meine Mini-Paprika-Pflanze und die drei Erdbeerpflanzen noch.

Du hast doch immer schon einen „grünen Daumen" gehabt. Der Garten war bei Dir stets reich bestückt mit Himbeeren, Erdbeeren, Äpfeln, Zucchini und Zwiebeln sowie zig anderen Sorten.

Dem Brief habe ich ein Bild beigelegt. So stelle ich mir die Pfalz um diese Zeit vor: Weinberge und dichte Wälder bis zu den Vogesen am Horizont.

Aber wenn Du Dich umblickst und nicht allzu genau hinschaust, entdeckt man Gemeinsamkeiten zur Eifel. Rheinland-Pfalz ist – neben Bayern – und in Relation zur Fläche das waldreichste Bundesland.

Auf dem Bild siehst Du auch einen Weg, auf dem in der Mitte Gras wächst. Dort fahren Traktoren, die mit ihren enormen Reifen die pflanzen-freien Stellen verursachen. Weißt du, wie man diese nennt? Das sind Rücke-Gassen. Im Rahmen eines Uni-Projekts in der Hydropedologie (Teilbereich der Geographie, der sich auf den Wasserhaushalt im Boden fokussiert) habe ich diese hinsichtlich der Wasserleitfähigkeit (d.h. wie gut das Wasser absickern kann etc.) untersucht.

Der Druck, den die Reifen verursachen, kann so groß sein, dass die Bodenporen stark geschädigt werden und kaum Wasser abfließen kann. Dann kommt es u.a. zu Staunässe. Geographie ist schon sehr faszinierend, oder?

Viva la naturaleza ! (= Es lebe die Natur!)
Liebe Grüße, Mirjam

August 2020

Liebe Oma,

ich grüße Dich von M. aus, inmitten vom grünen Garten aus.

Hier – selbst in der sonst so kalten Eifel – sind es sage und schreibe 34°C. Der Rasen sieht aus wie die Wüste Gobi.

Aber nun zu Dir. Wie geht es Dir? Ich habe von Deinem Unfall gehört und konnte nicht glauben, welch ein Unglück Dir erneut widerfahren ist.

Das darf wirklich nicht wahr sein! Aber betrachte es als Prüfung – wieder einmal ein Test, der zeigen soll, dass Du stark bist und aus allen Lebenslagen das Beste machen kannst.

Immer wieder wirst Du geprüft, aber dafür hält das Schicksal bestimmt etwas ganz Schönes für Dich bereit!

Bleib immer stark!

Denk an etwas Schönes! Ich, zum Beispiel, habe in meinen schlimmsten Lebenszeiten die schönsten Träume.

Auch wenn ich sonst durch Alpträume oft geplagt bin, kann ich komischerweise am besten schlafen, wenn es mir schlecht geht.

Dann träume ich von schönen Landschaften, sehr

grün, im Frühjahr oder Sommer, meistens am Meer, See oder Fluss.

Die Eifel und auch Deine Pfalz sehen so aus, wie die Landschaften meiner Träume.

Die Pfalz sieht bestimmt wunderschön aus zu dieser Jahreszeit. Die wunderbaren Weinberge und die atemberaubende Aussicht bis in die Vogesen. Die französischen Berge würde ich gerne nochmal sehen.

Ich war mal auf einer Exkursion im Rahmen meines Geographie-Studiums in der Nähe vom Kaiserstuhl bei Freiburg im Breisgau.

Dort – es war Sommer – waren es 45°C. Der Schiefer hat natürlich die Hitze reflektiert. Das ist für die Weinreben zwar sehr gut – aber für Wanderer und unsere Gruppe unsagbar heiß!

Von daher dürfte es in den Gebieten um den Rhein und die „Altrhein-Arme" nun auch sehr heiß sein. Du weißt bestimmt, dass der Rhein vor vielen, vielen Jahren zugunsten einer geradlinigen Schifffahrtsstrecke begradigt wurde. Die nun wie Seen liegenden Ausläufer des früheren Rheins nennt man daher Altrhein-Arme. So veränderlich wie der Verlauf eines Flusses ist auch der Lebenslauf.

Manchmal schlägt der Fluss Mäander (=kurvige Abschnitte) ein, manchmal läuft er gerader – wie das Leben.

Ich drücke Dich herzlich und gebe Dir viel Kraft ab!

Liebe Grüße, Mirjam

September 2020

Liebe Oma,

wie geht es Dir? Ich hoffe, bei Dir ist alles soweit in Ordnung. Merkt man bei Euch in W. viele Beschränkungen, die mit der Corona-Pandemie einhergehen? Maskenpflicht besteht ja nach wie vor.
Auch Besuche sind nur in gewissem Maße erlaubt, was sich hoffentlich bald ändert. An Deinem Geburtstag hatten Peter und ich Glück und durften durch …
Auch an der Uni herrscht noch Stillstand. Daher fand die Tagung der Bildungsforschung, an der ich aufgrund eines Projekts teilgenommen habe, auch über das Internet statt. Mittels des Computerprogramms „Zoom" und über „Mural" konnten wir in Videokonferenz und mit Bildschirm-Präsentation unsere Tagung halten.
Stell Dir meinen Computer-Bildschirm wie folgt vor: Man sieht ca. 100 Bildchen, das sind die Personen, die dran teilnehmen.
Mit einem Pfeil kann man durch alle Leute scrollen, das ist wie das Umblättern einer Zeitschriftenseite.
Das hat ganz gut funktioniert. Über Mikrofon und Kopfhörer wurde das Gesagte übermittelt. Spezielle „Hand-hebe-Tasten" haben dazu geführt, dass wir

nicht durcheinander gesprochen haben, sondern eine „Redner-Reihenfolge" gebildet wurde.

So kam ich zu dem Glück, mit Menschen zu sprechen, von denen ich lediglich die Bücher gelesen habe. Das war aufregend, aber auch nervenaufreibend und stressig.

Bei mir fiel währenddessen kurz das Internet aus und ich bin aus der Tagung geflogen. Allerdings habe ich es geschafft, mich neu einzuwählen – und habe bemerkt, dass es allen anderen auch so ging und sie mehr oder weniger oft raus flogen. Ich bin sehr stolz, meine erste Tagung in einem Projekt geschafft zu haben.

Bald ist Herbst und die Weinberge an der Mosel beginnen bereits bunt zu leuchten. Wie es wohl jetzt in der Pfalz und an der Südlichen Weinstraße aussieht? Da fand ich den Herbst immer so schön. Eine rote Abendsonne vor den Vogesen und gelb-rote Weinberge. Außerdem hat es zu dieser Zeit immer so gut gerochen in der Pfalz – nach Weintrauben und Most, findest Du nicht auch?

Ich hoffe, es geht Dir gut und ich umarme Dich. Auch schöne Grüße von Peter an meine „wahnsinnig jugendlich aussehende Oma".

Liebe Grüße, Mirjam

Oktober 2020

Liebe Oma,

bald ist Halloween am 31. Oktober und schon jetzt kann man überall Kürbisse zum Schnitzen kaufen. Wäre keine Corona-Krise, gäbe es in M. wie jedes Jahr das Festival der Magie – eine Feier, wo man sich als Hexe oder Zauberer verkleiden, basteln, Kürbisse schnitzen oder Geschichten hören kann. Ich habe vor vielen Jahren mal an einem Kürbis-Schnitzen-Wettbewerb teilgenommen und dabei den 2. Platz gewonnen (wenn man bedenkt, dass die ganzen Kinder von M. mitgemacht haben, ist diese Leistung gar nicht so schlecht).

Schade, dass es jetzt wegen Corona ausfällt, aber die Infektionszahlen steigen erneut und es werden auch bereits vereinzelt Besuchs- und Kontaktbeschränkungen eingeführt, was ich sehr schade finde.

Ich hoffe, dass es Dir gut geht. Ich schaue oft ins Internet, wie die Zahlen der (Neu-)Infizierten in W. und Umgebung sind und ob es bei Euch noch gut aussieht. Aber ich weiß ja, wie vorsichtig und bedacht Du bist, weshalb ich mir (fast) keine Sorgen machen muss. Das „fast" im vorigen Satz lässt auf ein minimales Restrisiko schließen, dass ich mir um meine Familie halt immer Sorgen mache – egal, wie gering das Risiko ist.

Bleib vorsichtig und umsichtig und iss viele Vitamine für das Immunsystem.

Apropos Vitamine: ein ganz toller Vitaminlieferant sind Pilze – mein Lieblingsgericht.

Die kleinen Champignons, Shiitake-Pilze und die Butterpilze (mein Favorit) haben viel Vitamin C und D, was im Winter gut ist – gerade wenn die Sonneneinwirkung nachlässt. Ansonsten haben sie viel Kalzium und Magnesium (für Knochen, Muskeln und Sehnen), sowie die für Haut, Nägel und Haare wichtigen Spurenelemente Selen und Zink.

Weißt Du, wer noch voller Vitamine steckt und in dieser Jahreszeit besonders gefragt ist?

Ich habe ihn Dir bereits genannt: der Kürbis.

Speisekürbisse wie der Hokkaido, der Butternut, Sweet Mama oder die Mönchshüte sind voller Vitamin A, Kalium, Eisen und Kalzium.

Also gerade jetzt vor Halloween zur Kürbis-Zeit mache ich gerne Kürbis-Suppen.

Weißt Du eigentlich, dass Halloween von „All Hallows Eve" stammt und den Abend vor Allerheiligen meint? Bereits in der Eisenzeit (vor etwa 2500 Jahren, nach der Stein- und Bronzezeit) feierten die Kelten das Fest „Samhain", den gälischen November. Sie glaubten, an diesem Tag bestünde ein offenes Tor zwischen der Welt der Lebenden und der Toten.

Ich wünsche Euch – und insbesondere Dir – ein freudiges und sorgloses Halloween in angenehmer Geselligkeit und bester Gesundheit.
Ich umarme Dich und denke an Dich.

Alles Liebe, Mirjam

November 2020

Liebe Oma,

wie Du bestimmt merkst, wird es draußen langsam kühler und damit allerhöchste Zeit, es sich drinnen mit heißem Tee und Kuschelsocken gemütlich zu machen.
Wie ich Dich kenne, bist Du auch eher ein Tee-Trinker.
Meine Kollegin S. hat gesagt, es gäbe (nur) zwei Sorten von Menschen: Kaffee- und Tee-Trinker. Mich hat sie direkt als wir uns kennenlernten den Tee-Trinkern zugeordnet – und das obwohl ich mit ihr einen (abscheulich starken) Kaffee in der Uni getrunken habe.
Aber scheinbar sieht man mir an, dass ich eher der japanischen Teezeremonie-Kultur als der Arabicabohnen-Kultur angehöre …
Als meine Freundin mich so blauäugig eingeordnet

hat, hat sie als Kaffee-Liebhaberin folgendes vergessen: Sie selbst hat in der Schublade ihres Schreibtisches ein riesiges Fach voller Teebeutel … so viel zum Thema, dass es nur ein „entweder-oder" gäbe.

Wusstest Du, dass so eine Teezeremonie in Japan sehr genau nach strengen Regeln abläuft? Sie beruht auf der Zen-Philosophie. Zen ist eine Buddhismusform, die in China in etwa im 5. Jh. entstanden ist und eine Hauptströmung bzw. zu einer Hauptströmung des Buddhismus gehört.

Er zeichnete sich durch seinen starken meditativen In-sich-gekehrt-Zustand aus und verbreitete sich zunehmend auch in anderen asiatischen Ländern – Du kennst doch bestimmt diese bekannten Zen-Gärten, die man mit einem Rechen bearbeitet. Im 12. Jh. kam die Zen-Philosophie schließlich auch in Japan an, wo sie als das heute bekannte „Zen" ihre Ausprägung bekam.

Das Zen heute bedeutet, das Leben im Hier und Jetzt zu leben, was den Menschen, die so oft an Zukunft, Sorgen, usw. denken, versperrt ist. Dieses Einfachste zu leben bedeutet Zufriedenheit: Essen, wenn man hungrig ist; Schlafen, wenn man müde ist.

Das ist eigentlich nichts besonderes, doch irgendwie auch schwer, wenn der Alltag einen an die Illusion der Zukunft bindet.

Ich habe Dir einen kurzen Text über die Teezeremonie

beigelegt, der Dich vielleicht interessiert.

Ich hatte in der Schule damals eine Hausarbeit über Buddhismus geschrieben und dieser interessiert mich heute noch.

Wie geht es Dir? Momentan herrscht ja wieder strengere Abriegelung bei Euch, oder? Die strengeren Corona-Maßnahmen führen hoffentlich bald dazu, dass die Zahlen sinken und wieder Normalität einkehrt. So kurz vor Weihnachten wäre das gut.

Bei uns gibt es wenig Neues: Die Uni ist nur teilweise geöffnet und wir „leben" viel im Internet.

Was kann man da schon machen?

Vielleicht eine warme Tasse Ingwer-Tee trinken?

Was ist Deine Lieblingssorte? Meine ist momentan Ingwer (mit Zitrone).

Ich proste Dir mit der Teetasse zu und umarme Dich.

Liebe Grüße, Mirjam

Weihnachten 2020

Liebe Oma,

Wie geht es Dir in der Adventszeit? Wie geht es Dir Weihnachten? Ich hoffe, Dir geht es gut.

Ich wünsche Dir ein frohes Weihnachtsfest und dass Deine Wünsche in Erfüllung gehen. Leider ist dieses Jahr anders. Eingeschränkte Weihnachtsfeierlichkeiten und auch Verbote der Familientreffen – einfach schrecklich, aber zum Schutz [aller].

Auch wenn wir uns nicht sehen dürfen, feier ich in Gedanken mit Dir und hoffe, dass das beiliegende Geschenk (für uns Bücherfreunde) Deinen Tag noch mehr erhellt wie sonst. Denk beim Lesen zurück an die Zeit in L.
Wie die Pfalz um diese Zeit so ist? Bestimmt auch kahl und nass – kalt, aber irgendwie auch grün und braun durch die Felder und Wälder.

Erinnerst Du Dich eigentlich noch an jedes Weihnachten von früher?
Ich erinnere mich an den Weihnachtsbaum mit Schokoladenfiguren in B., an die Sterne und … dass ich einmal [versehentlich] Opas Geschenk – ein Männer-Duft-Flakon – ausgepackt habe …

Ich hoffe, wir sehen uns bald und Du freust Dich beim Lesen.

Bis bald, Mirjam

Februar 2021

Hallo liebe Oma,

Ich hoffe, es geht Dir gut. Bist Du bereits eine noch größere Expertin über Landau und die Pfalz als sowieso schon? Ich freue mich, wenn Dir die kleine Lektüre über die Heimat gefallen hat.

Bei mir war die letzte Zeit sehr stressig – wie Du Dir bestimmt gedacht hast: Artikel schreiben, Berichte lesen, Mathematik-Unterricht geben und Informatik nebenbei lernen ...
Manchmal habe ich das Gefühl, dass ein neues Jahr einen direkt mit Aufgaben erschlägt.
Zusätzlich bekam ich vorgestern noch die Weisheitszähne gezogen. Nun bin ich drei von vier losgeworden. Der vierte bleibt, da er einen nicht vorhandenen Backenzahn ersetzt. Auf jeden Fall bekam ich neben der lokalen Betäubung noch in einen „Dämmerzustand" gelegt.
Also eigentlich heißt das Analgo-Sedierung und versetzt den Patienten in einen Trance-ähnlichen Zustand.
Aus diesem Grund habe ich weder Schmerz gespürt – was auch der lokalen Betäubung zu verdanken war – und es dauerte (in meinen Augen) nicht lang.

Allerdings wachte ich auch erst über eine Stunde nach der OP aus dem Dämmerzustand auf.

Weißt Du, was seltsam war?

Ich wachte in einem anderen Raum auf, in den ich in einem Rollstuhl gefahren wurde.

Allerdings habe ich mich angeblich selbst ohne Hilfe in den Rollstuhl gesetzt und mich im anderen Raum selbst auf die Liege gelegt.

Das sagte mir die OP-Assistentin nachher – und ich bekam nicht mit, wie ich angeblich diese Handlungen ausführte …

Auch hat die Assistentin noch gesagt, ich hätte ihr gesagt, dass mir kalt wäre … auch davon weiß ich nichts mehr …

Ich war nur mit einer violetten Wolldecke zugedeckt.

Da kann man doch einmal sehen, wie leicht das Bewusstsein „ausgeknipst" werden kann.

Auf jeden Fall ist der Arzt sehr gut gewesen – sehr nett, keine Schmerzen … okay, kaum Schmerzen.

Ich gestehe aber, dass ich momentan auch unter Einwirkung von Schmerzmitteln stehe, weshalb meine Schmerz-Beurteilung offensichtlich nicht so aussagekräftig ist …

Nächste Woche werden die Fäden gezogen und momentan dämmere ich unter Einwirkung der Tabletten etwas.

Ich denke dennoch an Dich und hoffe, dass es Dir gut geht.

Gehen bei Euch im Wohnblock die Infektionszahlen zurück oder gibt es vielleicht keine Fälle – das wäre super?
Ich wünsche mir so, dass es Dir gut geht und du glücklich bist. Die Impfungen sollen ja helfen … wurden bei Euch schon viele geimpft?
In der Hoffnung, dass man sich bald sieht …

Ich umarme Dich und bete für Deinen Schutz und Deine Gesundheit.

Liebe Grüße,
Mirjam

März 2021

Hallo liebe Oma,

schau mal, was ich gefunden habe! Du hältst es wahrscheinlich gerade in der Hand.
Wunderschönes, altes Briefpapier. Ich finde das sehr schön. Da das so schön frühlingshaft aufgrund der floralen Motive ist, musste ich Dir sofort schreiben, weil ich auch denke, dass es Dir gefallen wird. So schönes Papier findet man selten, da heute vieles nur noch digital geht. SMS, WhatsApp-Nachrichten,

E-Mails und Tweets (= eine auf Twitter gepostete Nachricht; Twitter ist ein Blogging-Dienst; Bloggen bedeutet, dass auf einer Webseite im Internet ein kurzer Text/Kommentar zu einem Bild, Text, … geschrieben wird) – wie Du merkst: einem Begriff folgt ein ganzer Rattenschwanz an Fremdwörtern und Erklärungen. Auch Bücher werden nun von E-Books abgelöst (das sind Texte auf einem Tablet, wie der Papa schon mal öfter eines mitgebracht hat). Aber ich kann Dir sagen:

Nichts geht über das gute Papier!

Ich bevorzuge Bücher und Briefe in Papier! Denn ich finde, dass die digitalen Versionen so den Anklang von dienstlich oder so haben. Da habe ich immer das Gefühl, eine Nachricht vom Chef oder so ähnlich zu lesen – das wirkt so … unpersönlich.

Bücher sind schon was Tolles! Und schon fast 6000 Jahre unsere Begleiter: Im 3. Jahrtausend v. Chr. wurden die ersten Vorläufer von Büchern - das waren die Papyrus-Rollen der Ägypter – angefertigt.

Oftmals war der Inhalt durch Themen rund um Weisheiten und autobiographische Texte von Königen, aber auch medizinische, mathematische und naturwissenschaftliche Texte waren vertreten.

Römer und Griechen übernahmen diese „Erfindung", allerdings nutzten sie nach einer Zeit Kodex als „Papier". Kodex waren Holz-/Wachstafeln, die mit Papyrus oder später Pergamentpapier ausgelegt waren

(stell Dir einen Block Papier vor, der von einem Rahmen aus Holz stabilisiert wird).
Erst in der Spätantike (4. Jh. n. Chr.) setzte sich die uns heute bekannte Buchform durch … interessant!

Wie geht es Dir? Ist bei Euch schon viel geimpft worden? Bist Du dort sicher vor Corona?
Ich bete sehr für unsere Familie, dass alles gut geht.
Bleibe auch Du stets stark!

Ich umarme Dich,
Mirjam

April 2021

Liebe Oma,

Ich wünsche Dir ein wunderschönes Ostern und frage mich, was Ihr so macht:
Bekommt Ihr ein besonderes Oster-Menü oder macht Ihr schöne Spielkreise?
In jedem Fall kommen schöne Filme im Fernsehen.
Schau ins Erste und Zweite Programm – da läuft doch viel für welche, die „In aller Freundschaft" mögen.
Utta Danella- oder Inga Lindström-Filme gefallen Dir vielleicht.

Ich schaue ja – wenn ich überhaupt Fernsehen schaue – ganz gerne Dokumentationen in arte (deutsch-französischer Sender) oder einfach nur Fantasy-Filme wie „Herr der Ringe".

In Koblenz blühen die Narzissen, pünktlich zu Ostern, denn das sind ja die Osterglöckchen.
Ist Dir einmal aufgefallen, dass es eine Reihenfolge gibt, die den Frühling einläuten?
Erst kommen Schneeglöckchen und Krokus, dann Osterglocken.
Was ist Deine liebste Jahreszeit?
Ich freue mich oft auf die Wärme von Frühling und Sommer, finde aber auch das prächtige Farbspiel des Herbstes wunderschön.
Auch an Winnis Grab stehen Osterglocken.
[Anmerkung: Winni war das Kaninchen meiner Tochter, das Oma ihr zum neunten Geburtstag schenkte]
Dieses Jahr bepflanzen Rita und ich es wahrscheinlich neu – mit Sukkulenten, an denen er im Garten immer so gerne geschnuppert hat.
Würde er noch leben, wäre er jetzt 20 Jahre alt …
Manchmal vermisse ich ihn, denn er ist mein bester Freund.
Du vermisst auch Anni, Lucy oder Schanu? Vermisst Du alle Katzen gleich stark? Bestimmt.
[Anmerkung: Omas Katzen sind alle in hohem Katzenalter gestorben, Schanu wurde 19 Jahre alt].

Aktuell finde ich Laufenten interessant. Diese sind größer und „länglicher"
(also nicht so „bauchig") wie Stockenten.
Wenn Peter mir ein Video von Enten-Aufnahmen zeigt, macht mich das wirklich glücklich.
Man muss einfach gute Laune bekommen, wenn man vergnügte Enten sieht.
Ob vielleicht auch welche zu Euch an den kleinen Bach hinterm Haus kommen?

Liebe Grüße,
Mirjam

Mai 2021

Liebe Oma,

ich hoffe, es geht Dir gut. Ich habe gehört, dass Du gefallen bist und habe mir große Sorgen gemacht. Erst, als ich gehört habe, dass kein Knochen gebrochen ist, habe ich mich beruhigt. Hoffentlich hast Du auch keine Schmerzen wegen Hämatomen oder Prellungen oder sonstiges. Bitte pass auf Dich auf und sieh zu, dass Du bei Kräften bleibst.

Bald bricht die Zeit der Zwillinge an - astrologisch

gesehen. Ende Mai kommt also wieder unsere Zeit. Ich weiß noch, dass auch letztes Jahr die Corona-Pandemie unsere beiden Geburtstage überschattet hat, und hoffe, dass wir – und viele andere Menschen auch – nächstes Jahr mehr Glück haben.

Aus meinem Institut bzw. aus den Forschungen des pädagogisch-bildungswissenschaftlichen und des mathematischen Instituts können folgende Schlüsse gezogen werden:

- Aufgrund der Schulschließungen verschlechtern sich die Leistungen der Schüler drastisch. Die Wissenslücken sind irreversibel (= nicht mehr bis zum Schulabschluss behebbar in der Regel).
- Die Kinder vermissen die Schule oder den Kindergarten sehr. Meine Nachhilfeschülerin in Mathe „freut" sich auf die Schule oder auf den Mathematik-Unterricht. Das kam nie vor!
Ihre Mathe-Leistungen sind aber super. Das gilt aber auch nur für diejenigen, deren Eltern den Nachhilfeunterricht ermöglichen. Bei ihr fange zum Beispiel ich als Lehrerin die Wissenslücken auf und fülle diese mit ihr gemeinsam.
- Die Kinder werden „blass, dicklich und sonnenscheu", so berichtete uns ein Sozialarbeiter auf der Bildungsforschungstagung dieses Jahr, an der ich im März teilgenommen habe.
Wir Pädagogen und Bildungswissenschaftler sehen in

der Corona-Pandemie wegen der Isolation der Kinder starkes Risikopotential für soziale Störungen und Auffälligkeiten.

Corona ist aus vielen Perspektiven schrecklich.
Ich habe Dir nur einen kleinen Auszug aus unserer Bildungsforschung bzw. Pädagogik gegeben. Ich hoffe, bei Euch ist es besser und Du bist in Sicherheit – was Du ja bist, wie ich beruhigender weise höre.
Ich hoffe, Dich bald wieder sehen und wirklich umarmen zu können. Ich hab Dich lieb, pass auf Dich auf.

Mirjam

Juni 2021

Liebe Oma,

Ich wünsche Dir von ganzem Herzen einen
wunderschönen Geburtstag mit viel Freude im Herzen
und Sonnenschein für Deine Seele.
Bleib gesund und munter in jedem neuen Lebensjahr.
Auf dass Deine Gesundheit Deinem jugendlichen
Wesen entspricht!

Daher wünsche ich Dir:
Einen Strauß voller Freude,
Einen Rucksack voll Glück,
Viel Liebe und Wärme,
Und von allem ein Stück.

An Deinem Ehrentag und jedem weiteren Tag
umarme ich Dich und denke an Dich. Ich habe Dich
lieb.

Alles Liebe,
Mirjam

Danksagung:

Mein Dank als Herausgeber gilt vor allem meiner lieben Tochter Mirjam.
Ich bin beeindruckt von ihrer Ausdauer, fast jeden Monat einen Brief an ihre Großmutter zu schreiben. Ohne die Liebe zu ihrer Oma würde es diese Sammlung nicht geben.
Mein Dank gilt auch ihrem Freund Peter, der sie in allen Lebenslagen tatkräftig unterstützt hat.

Abkürzungen:

etc. = und so weiter
Jh. = Jahrhundert
n.   = nach
u.a. = unter anderem
u.ä. = und Ähnliches
v.   = vor
z.B. = zum Beispiel

Copyright

© bei Verlag und Autor

Alle Rechte vorbehalten, insbesondere das des öffentlichen Vortrags, der Übertragung durch Rundfunk, Fernsehen und Internet sowie der Übersetzung, auch einzelner Teile.

Kein Teil des Werkes darf in irgendeiner Form ohne schriftliche Genehmigung der Copyright-Inhaber reproduziert, vervielfältigt oder verbreitet werden.
Sämtliche Angaben in diesem Werk erfolgen trotz sorgfältiger Bearbeitung ohne Gewähr.
Eine Haftung des Autors und des Verlages ist ausgeschlossen.

Impressum

© 2021 Pulcher

Herstellung und Verlag: BoD – Books on Demand, Norderstedt

ISBN: 9783754339381